GRöLS Verlage

„BÜCHER SIND WIE FALLSCHIRME. SIE NÜTZEN UNS NICHTS, WENN WIR SIE NICHT ÖFFNEN."

Gröls Verlag

Redaktionelle Hinweise und Impressum

Das vorliegende Werk wurde zugunsten der Authentizität sehr zurückhaltend bearbeitet. So wurden etwa ursprüngliche Rechtschreibfehler *nicht* systematisch behoben, denn kleine Unvollkommenheiten machen das Buch – wie im Übrigen den Menschen – erst authentisch. Mitunter wurden jedoch zum Beispiel Absätze behutsam neu getrennt, um den Lesefluss zu erleichtern.

Um die Texte zu rekonstruieren, werden antiquarische Bücher von Lesegeräten gescannt und dann durch eine Software lesbar gemacht. Der so entstandene Text wird von Menschen gegengelesen und korrigiert – hierbei treten auch Fehler auf. Wenn Sie ebenfalls antiquarische Texte einreichen möchten, finden Sie weitere Informationen auf www.groels.de

Viel Freude bei der Lektüre wünscht Ihnen das Team des Gröls-Verlags.

Adressen
Verleger: Sophia Gröls, Im Borngrund 26, 61440 Oberursel
Externer Dienstleister für Distribution & Herstellung: BoD, In de Tarpen 42, 22848 Norderstedt

Unsere „Edition | Kleine Klassiker" versammelt über hundert unbestrittene Klassiker der Weltliteratur in einem ästhetisch anspruchsvollen und handlichen Format.

Die Gröls-Klassiker-Editionen gehören heute mit ungefähr tausend Werken zu den größten Sammlungen klassischer Literatur im deutschen Sprachraum. Wir kultivieren und kuratieren damit einen der wertvollsten Bereiche der abendländischen Kultur. Kleine Auswahl:

Francis Bacon • Neues Organon • **Balzac** • Glanz und Elend der Kurtisanen • **Joachim H. Campe** • Robinson der Jüngere • **Dante Alighieri** • Die Göttliche Komödie • **Daniel Defoe** • Robinson Crusoe • **Charles Dickens** • Oliver Twist • **Denis Diderot** • Jacques der Fatalist • **Fjodor Dostojewski** • Schuld und Sühne • **Arthur Conan Doyle** • Der Hund von Baskerville • **Elisabeth von Österreich** • Das Poetische Tagebuch • **Friedrich Engels** • Die Lage der arbeitenden Klasse • **Ludwig Feuerbach** • Das Wesen des Christentums • **Fitzgerald** • Zärtlich ist die Nacht • **Flaubert** • Madame Bovary • **Theodor Fontane** • Effi Briest • **Robert Musil** • Über die Dummheit • **Edgar Wallace** • Der Frosch mit der Maske • **Jakob Wassermann** • Der Fall Maurizius • **Oscar Wilde** • Das Bildnis des Dorian Grey •

Mark Twain • Huckleberry Finns Abenteuer und Fahrten • **Anton Tschechow** • Die Möwe • **Ludwig Tieck** • Der gestiefelte Kater • **Feuerbach** • Das Wesen des Christentums • **Fitzgerald** • Zärtlich ist die Nacht • **Flaubert** • Madame Bovary • **Theodor Fontane** • Effi Briest • **Robert Musil** • Über die Dummheit • **Edgar Wallace** • Der Frosch mit der Maske • **Jakob Wassermann** • Der Fall Maurizius • **Oscar Wilde** • Das Bildnis des Dorian Grey • **Mark Twain** • Huckleberry Finns Abenteuer und Fahrten • **Anton Tschechow** • Die Möwe • **Ludwig Tieck** • Der gestiefelte Kater • **Jonathan Swift** • Gullivers Reisen • **Robert Louis Stevenson** • Die Schatzinsel • **William Shakespeare** • Othello • **Arthur Schopenhauer** • Die Kunst, Recht zu behalten • **Felix Salten** • Bambi • **Platon** • Der Staat • **Arthur Schnitzler** • Traumnovelle • **Friedrich Schiller** • Wilhelm Tell • **Karl May** • Winnetou • **Franz Kafka** • Der Prozeß • Platon • Verteidigungsrede • **Jules Verne** • Reise nachdem Mittelpunkt der Erde • **Leo Tolstoi** • Auferstehung • **August Strindberg** • Inferno • **Julius Stinde** • Familie Buchholz • **Wilhelm Raabe** • Die schwarze Galeere • **Friedrich Nietzsche** • Götzendämmerung • **Gotthold Ephraim Lessing** • Emilia Galotti *und viele weitere Werke….*

Theodor Storm

Immensee

Inhalt

Der Alte

An einem Spätherbstnachmittage ging ein alter, wohlgekleideter Mann langsam die Straße hinab. Er schien von einem Spaziergang nach Hause zurückzukehren; denn seine Schnallenschuhe, die einer vorübergegangenen Mode angehörten, waren bestäubt. Den langen Rohrstock mit goldenem Knopf trug er unter dem Arm; mit seinen dunkeln Augen, in welche sich die ganze verlorene Jugend gerettet zu haben schien und welche eigentümlich von den schneeweißen Haaren abstachen, sah er ruhig umher oder in die Stadt hinab, welche im

Abendsonnendufte vor ihm lag. – Er schien fast ein Fremder; denn von den Vorübergehenden grüßten ihn nur wenige, obgleich mancher unwillkürlich in diese ernsten Augen zu sehen gezwungen wurde. Endlich stand er vor einem hohen Giebelhause still, sah noch einmal in die Stadt hinaus und trat dann in die Hausdiele. Bei dem Schall der Türglocke wurde drinnen in der Stube von einem Guckfenster, welches nach der Diele hinausging, der grüne Vorhang weggeschoben und das Gesicht einer alten Frau dahinter sichtbar. Der Mann winkte ihr mit seinem Rohrstock. „Noch kein Licht!" sagte er in einem etwas südlichem Akzent; und die Haushälterin ließ den Vorhang wieder fallen. Der Alte ging nun über die weite Hausdiele, dann durch einen Pesel, wo große Eichschränke mit Porzelanvasen an den Wänden standen; durch die gegenüberstehende Tür trat er in einen kleinen Flur, von wo aus eine enge Treppe zu den oberen Zimmern des Hinterhauses führte. Er stieg sie langsam hinauf, schloß oben eine Tür auf und trat dann in ein mäßig großes Zimmer. Hier war es heimlich und still; die eine Wand war fast mit Repositorien und Bücherschränken bedeckt; an der anderen hingen Bilder von Menschen und Gegenden; vor einem Tische mit grüner Decke; auf dem einzelne aufgeschlagene Bücher umherlagen, stand ein schwerfälliger Lehnstuhl mit rotem Sammetkissen. – Nachdem der Alte Hut und Stock in die Ecke gestellt hatte, setzte er sich in den Lehnstuhl und schien mit gefalteten Händen von seinem Spaziergange auszuruhen. – Wie er so saß, wurde es allmählich dunkler; endlich fiel ein Mondstrahl durch die Fensterscheiben auf die Gemälde an der Wand, und wie der helle Streif langsam weiter rückte, folgten die Augen des Mannes unwillkürlich. Nun trat er über ein kleines Bild in schlichtem, schwarzen Rahmen. „Elisabeth!“ sagte der Alte leise; und wie er das Wort gesprochen, war die Zeit verwandelt – er war in seiner Jugend.

Die Kinder

Bald trat die anmutige Gestalt eines kleinen Mädchens zu ihm. Sie hieß Elisabeth und mochte fünf Jahre zählen; er selbst war doppelt so alt. Um den Hals trug sie ein rotseidenes Tüchelchen; das ließ ihr hübsch zu den braunen Augen.

„Reinhard!“ rief sie. „Wir haben frei, frei! Den ganzen Tag keine Schule und morgen auch nicht.“

Reinhard stellte die Rechentafel die er schon unterm Arm hatte, flink hinter die Haustür, und dann liefen beide Kinder durchs Haus in den Garten und durch die Gartenpforte hinaus auf die Wiese. Die unverhofften Ferien kamen ihnen herrlich zustatten. Reinhard hatte hier mit Elisabeths Hilfe ein Haus aus Rasenstücken aufgeführt; darin wollten sie die Sommerabende wohnen; aber es fehlte noch die Bank. Nun ging er gleich an die Arbeit; Nägel, Hammer und die nötigen Bretter lagen schon bereit. Währenddessen ging Elisabeth an dem Wall entlang und sammelte den ringförmigen Samen der wilden Malve in ihre Schürze; davon wollte sie sich Ketten und Halsbänder machen; und als Reinhart endlich trotz manches krumm geschlagenen Nagels seine Bank dennoch zustande gebracht hatte und nun wieder in die Sonne hinaustrat, ging sie schon weit davon am anderen Ende der Wiese.

„Elisabeth!“ rief er. „Elisabeth!“ Und da kam sie und ihre Locken flogen. „Komm“, sagte er, „nun ist unser Haus fertig. Du bist ja ganz heiß geworden; komm herein, wir wollen uns auf die neue Bank setzen. Ich erzähl' die etwas.“

Dan gingen sie beide hinein und setzten sich auf die neue Bank. Elisabeth nahm ihre Ringelchen aus der Schürze und zog sie auf lange Bindfäden; Reinhard fing an zu erzählen: „Es waren einmal drei Spinnfrauen…“

„Ach“, sagte Elisabeth, „das weiß ich ja auswendig; du mußt auch nicht immer dasselbe erzählen.“

Da mußte Reinhart die Geschichte von den drei Spinnfrauen steckenlassen, und statt dessen erzählte er die Geschichte von dem armen Mann, der in die Löwengrube geworfen war. „Nun war es Nacht“, sagte er, „weißt du, ganz finstere, und die Löwen schliefen. Mitunter aber gähnten sie im Schlaf und reckten die roten Zungen aus; dann schauderte der Mann und meinte, daß der Morgen komme. Da warf es um ihn her auf einmal einen hellen Schein, und als er aufsah, stand ein Engel vor ihm. Der winkte ihm mit der Hand und ging dann gerade in die Felsen hinein."

Elisabeth hatte aufmerksam zugehört. „Ein Engel?" sagte sie. „Hatte er denn Flügel?"

„Es ist nur so eine Geschichte", antwortete Reinhart, „es gibt ja gar keine Engel."

„O pfui, Reinhart!“ sagte sie und sah ihm starr ins Gesicht. Als er sie aber finster anblickte, fragte sie ihn zweifelnd: „Warum sagen sie es denn immer? Mutter und Tante und auch in der Schule?“

„Das weiß ich nicht“, antwortete er.

„Aber du“, sagte Elisabeth, „gibt es denn auch keine Löwen?“

„Löwen? Ob es Löwen gibt! In Indien; da spannen die Götzenpriester sie vor den Wagen und fahren mit ihnen durch die Wüste. Wenn ich groß bin, will ich einmal selber hin. Da ist es vieltausendmal schöner als hier bei uns; da gibt es gar keinen

Winter. Du mußt auch mit mir. Willst du?“

„Ja“, sagte Elisabeth, „aber Mutter muß dann auch mit und deine Mutter auch.“

„Nein“, sagte Reinhard, „die sind dann zu alt, die können nicht mit.“

„Ich darf aber nicht allein.“

„Du sollst schon dürfen; du wirst dann wirklich meine Frau, und dann haben die andern dir nichts zu befehlen.“

„Aber meine Mutter wird weinen.“

„Wir kommen ja wieder!“ sagte Reinhard heftig, „sag es nur gerade heraus, willst du mit mir reisen? Sonst geh'ich allein; und dann komme ich nimmer wieder."

Der Kleinen kam das Weinen nahe.

„Mach nur nicht so böse Augen", sagte sie, „ich will ja mit nach Indien."

Reinhard faßte sie mit ausgelassener Freude bei beiden Handen und zog sie hinaus auf die Wiese. „Nach Indien, nach Indien", sang er und schwenkte sich mit ihr im Kreise, daß ihr das rot Tüchelchen vom Halse flog. Dann aber ließ er sie plötzlich los und sagte ernst „Es wird doch nichts daraus werden; du hast keine Courage"

– – „Elisabeth! Reinhard!" rief es jetzt von der Gartenpforte. „Hier!

Hier!“ antworteten die Kinder und sprangen Hand in Hand nach Hause.

Im Walde

So lebten die Kinder zusammen; sie war ihm oft zu still, er war ihr oft zu heftig, aber sie ließen deshalb nicht voneinander; fast alle Freistunden teilten sie, winters in den beschränkten Zimmern ihrer Mütter, sommers in Busch und Feld. – Als Elisabeth einmal in Reinhards Gegenwart von dem Schullehrer gescholten wurde, stieß er seine Tafel zornig auf den Tisch, um den Eifer des Mannes auf sich zu lenken. Es wurde nicht bemerkt. Aber Reinhard verlor alle Aufmerksamkeit an den geographischen Vorträgen; statt dessen verfaßte er ein langes Gedicht; darin verglich er sich selbst mit einem jungen Adler, den Schulmeister mit einer grauen Krähe, Elisabeth war die weiße Taube; der Adler gelobte, an der grauen Krähe Rache zu nehmen, sobald ihm die Flügel gewachsen sein würden. Dem jungen Dichter standen die Tränen in den Augen; er kam sich sehr erhaben vor. Als er nach Hause gekommen war, wußte er sich einen Pergamentband mit vielen weißen Blättern zu verschaffen: auf die ersten Seiten schrieb er mit sorgsamer Hand sein erstes Gedicht. – Bald darauf kam er in eine andere Schule; hier schloß er manche neue Kameradschaft mit Knaben seines Alters; aber sein Verkehr mit Elisabeth wurde dadurch nicht gestört. Von den Märchen, welche er ihr sonst erzählt und wieder erzählt hatte, fing er jetzt an, die, welche ihr am besten gefallen hatten, aufzuschreiben; dabei wandelte ihn oft die Lust an, etwas von seinen eigenen Gedanken hineinzudichten; aber, er wußte nicht weshalb, er konnte immer nicht dazu gelangen. So schrieb er sie genau auf, wie er sie selber gehört hatte. Dann gab er die Blätter an Elisabeth, die sie in einem Schubfach ihrer Schatulle sorgfältig aufbewahrte; und es gewährte ihm eine anmutige Befriedigung, wenn er sie mitunter abends diese Geschichten in seiner Gegenwart aus den von ihm geschriebenen Heften ihrer Mutter vorlesen hörte.

Sieben Jahre waren vorüber. Reinhard sollte zu seiner weiteren Ausbildung die Stadt verlassen. Elisabeth konnte sich nicht in den Gedanke finden, daß es nun eine Zeit ganz ohne Reinhard geben werde. Es freute sie, als er eines Tages sagte, er werde, wie sonst, Märchen für sie aufschreiben; er wolle sie ihr mit den Briefen an seine Mutter schicken; sie müsse ihm dann wieder schreiben, wie sie ihr gefallen hätten. Die Abreise rückt heran; vorher aber kam noch manche Reim in den Pergamentband. Daß allein war für Elisabeth ein Geheimnis obgleich sie die Veranlassung zu dem ganzen Buche und zu den meisten Liedern war, welche nach und nach fast die Hälfte der weißen Blätter gefüllt hatten.

Es war im Juni; Reinhard sollte am andern Tage reisen. Nun wollte man noch einmal einen festlichen Tag zusammen begehen. Dazu wurde eine Landpartie nach einer der nahe gelegenen Holzungen in größerer Gesellschaft veranstaltet. Der stundenlange Weg bis an den Saum des Waldes wurde zu Wagen zurück gelegt; dann nahm man die Proviantkörbe herunter und marschierte weiter. Ein Tannengeholz mußte zuerst durchwandert werden; es war kühl und dämmerig und der Boden überall mit feinen Nadeln bestreut. Nach halbstündigem Wandern kam man aus dem Tannendunkel in eine frische Buchenwaldung; hier war alles licht und grün, mitunter brach ein Sonnenstrahl durch die blätterreichen Zweige; ein Eichkätzchen sprang aber ihren Köpfen von Ast zu Ast. – Auf einem Platze, über welchem uralte Buchen mit ihren Kronen zu einem durchsichtigen Laubgewölbe zusammenwuchsen, machte die Gesellschaft halt. Elisabeths Mutter öffnete einen der Körbe; ein alter Herr warf sich zum Proviantmeister auf. „Alle um mich herum, ihr jungen Vögel!“ rief er. „Und merket genau, was ich euch zu sagen habe. Zum Frühstück erhält jetzt ein jeder von euch zwei trockene Wecken; die Butter ist zu Hause geblieben, die Zukost müßt ihr euch selber suchen. Es stehen genug Erdbeeren im Walde, das heißt, für den, der sie zu finden weiß. Wer ungeschickt ist, muß sein Brot trocken essen; so geht es überall im Leben. Habt ihr meine Rede begriffen?“

„Jawohl!“ riefen die Jungen.

„Ja seht“, sagte der Alte, „sie ist aber noch nicht zu Ende. Wir Alten haben uns im Leben schon genug umhergetrieben; darum bleiben wir jetzt zu Haus, das heißt, hier unter diesen breiten Bäumen, und schälen die Kartoffeln und machen Feuer und rüsten die Tafel, und wenn die Uhr zwölf ist, sollen auch die Eier gekocht werden. Dafür seid ihr uns von euren Erdbeeren die Hälfte schuldig, damit wir auch einen Nachtisch servieren können. Und nun geht nach Ost und West und seid ehrlich!“

Die Jungen machten allerlei schelmische Gesichter. „Halt!“ rief der Alte noch einmal. „Das brauche ich euch wohl nicht zu sagen, wer keine findet, braucht auch keine abzuliefern; aber das schreibt euch wohl hinter eure feinen Ohren, von uns Alten bekommt er auch nichts. Und nun habt ihr für diesen Tag gute Lehren genug; wenn ihr nun noch Erdbeeren dazu habt, so werdet ihr für heute schon durchs Leben kommen.“

Die Jungen waren derselben Meinung und begannen sich paarweise auf die Fahrt zu machen.

„Komm, Elisabeth“, sagte Reinhard, „ich weiß einen Erdbeerenschlag; du sollst kein trockenes Brot essen.“

Elisabeth knüpfte die grünen Bänder ihres Strohhutes zusammen und hängte ihn über den Arm. „So komm“, sagte sie, „der Korb ist fertig.“

Dann gingen sie in den Wald hinein, tiefer und tiefer; durch feuchte, undurchdringliche Baumschatten, wo alles still war, nur unsichtbar über ihnen in den Lüften das Geschrei der Falken; dann wieder durch dichtes Gestrüpp, so dicht, daß Reinhard vorangehen mußte, um einen Pfad zu machen, hier einen Zweig zu knicken, dort eine Ranke beiseite zu biegen.

Bald aber hörte er hinter sich Elisabeth seinen Namen rufen. Er wandte sich um. „Reinhard.“ rief sie. „Warte doch, Reinhard!“ Er konnte sie nicht gewahr werden; endlich sah er sie in einiger Entfernung mit den Sträuchern kämpfen; ihr feines Köpfchen schwamm nur kaum über den Spitzen der Farnkräuter. Nun ging er noch einmal zurück und führte sie durch das Wirrnis der Kräuter und Stauden auf einen freien Platz hinaus, wo blaue Falter zwischen den einsamen Waldblumen flatterten. Reinhard strich ihr die feuchten Haare aus dem erhitzten Gesichtchen; dann wollte er ihr den

Strohhut aufsetzen, und sie wollte es nicht leiden; dann aber bat er sie, und dann ließ sie es doch geschehen.

„Wo bleiben denn aber deine Erdbeeren?“ fragte sie endlich, indem sie stehenblieb und einen tiefen Atemzug tat.

„Hier haben sie gestanden“, sagte er, „aber die Kröten sind uns zuvorgekommen, oder die Marder, oder vielleicht die Elfen.“

„Ja“, sagte Elisabeth, „die Blätter stehen noch da; aber sprich hier nicht von Elfen. Komm nur, ich bin noch gar nicht müde; wir wollen weiter suchen.“

Vor ihnen war ein kleiner Bach, jenseits wieder der Wald. Reinhard hob Elisabeth auf seine Arme und trug sie hinüber. Nach einer Weile traten sie aus dem schattigen Laube wieder in eine weite Lichtung hinaus. „Hier müssen Erdbeeren sein“, sagte das Mädchen, „es duftet so süß.“

Sie gingen suchend durch den sonnigen Raum; aber sie fanden keine. „Nein“, sagte Reinhard, „es ist nur der Duft des Heidekrautes.“

Himbeerbüsche und Hülsendorn standen überall durcheinander; ein starker Geruch von Heidekräutern welche abwechselnd mit kurzem Grase die freien Stellen des Bodens bedeckten, erfüllte die Luft. „Hier ist es einsam“, sagte Elisabeth, „wo mögen die andern sein?“

An den Rückweg hatte Reinhard nicht gedacht. „Warte nur; woher kommt der Wind?“ sagte er und hob seine Hand in die Höhe. Aber es kam kein Wind.

„Still!“ sagte Elisabeth, „mich dünkt, ich hörte sie sprechen. Rufe einmal dahinunter.“

Reinhard rief durch die hohle Hand: „Kommt hieher!“ – „Hieher!“ rief es zurück.

„Sie antworten!“ sagte Elisabeth und klatschte in die Hände.

„Nein, es war nichts, es war nur der Widerhall."

Elisabeth faßte Reinhards Hand. „Mir graut!" sagte sie.

„Nein", sagte Reinhard, „das muß es nicht. Hier ist es prächtig. Setz dich dort in den Schatten zwischen die Kräuter. Laß uns eine Weile ausruhen; wir finden die andern schon." Elisabeth setzte sich unter eine überhängende Buche und lauschte aufmerksam nach allen Seiten; Reinhard saß einige Schritte davon auf einem Baumstumpf und sah schweigend nach ihr hinüber. Die Sonne stand gerade aber ihnen; es war glühende Mittagshitze; kleine goldglänzende, stahlblaue Fliegen standen flügelschwingend in der Luft; rings um sie her ein feines Schwirren und Summen, und manchmal hörte man tief im Walde das Hämmern der Spechte und das Kreischen der andern Waldvögel.

„Horch," sagte Elisabeth, „es läutet."

„Wo?" fragte Reinhard.

„Hinter uns. Hörst du? Es ist Mittag."

„Dann liegt hinter uns die Stadt; und wenn wir in dieser Richtung gerade durchgehen, so müssen wir die andern treffen."

So traten sie ihren Rückzug an; das Erdbeerensuchen hatten sie aufgegeben, denn Elisabeth war müde geworden. Endlich klang zwischen den Bäumen hindurch das Lachen der Gesellschaft; dann sahen sie auch ein weißes Tuch am Boden schimmern, das war die Tafel, und darauf standen Erdbeeren in Hülle und Fülle. Der alte Herr hatte eine Serviette im Knopfloch und hielt den Jungen die Fortsetzung seiner moralischen Reden, während er eifrig an einem Braten herumtranchierte.

„Da sind die Nachzügler!" riefen die Jungen, als sie Reinhard und Elisabeth durch die Bäume kommen sahen.

„Hieher!“ rief der alte Herr. „Tücher ausgeleert. Hüte umgekehrt! Nun zeigt her, was ihr gefunden habt.“

„Hunger und Durst!“ sagte Reinhard. „Wenn das alles ist“, erwiderte der Alte und hob ihnen die volle Schüssel entgegen, „so müßt ihr es auch behalten. Ihr kennt die Abrede; hier werden keine Müßiggänger gefüttert.“ Endlich ließ er sich aber doch erbitten, und nun wurde Tafel gehalten; dazu schlug die Drossel aus den Wacholderbüschen.

So ging der Tag hin. – Reinhard hatte aber doch etwas gefunden; waren es keine Erdbeeren, so war es doch auch im Walde gewachsen. Als er nach Hause gekommen war, schrieb er in seinen alten Pergamentband:

Hier an der Bergeshalde
verstummet ganz der Wind;
die Zweige hängen nieder,
darunter sitzt das Kind.

Sie sitzt in Thymiane,
sie sitzt in lauter Duft;
die blauen Fliegen summen
und blitzen durch die Luft.

Es steht der Wald so
schweigend,
sie schaut so klug darein;

um ihre braunen Locken
hin fließt der Sonnenschein.

Der Kuckuck lacht von ferne,
es geht mir durch den Sinn:
Sie hat die goldnen Augen
der Waldeskönigin.

So war sie nicht allein sein Schützling; sie war ihm auch der Ausdruck für alles Liebliche und Wunderbare seines aufgehenden Lebens.

Da stand das Kind am Wege

Weihnachtabend kam heran. – Es war noch nachmittags, als Reinhard mit andern Studenten im Ratskeller am alten Eichentisch zusammen saß. Die Lampen an den Wänden waren angezündet, denn hier unten dämmerte es schon; aber die Gäste waren sparsam versammelt, die Kellner lehnten müßig an den Mauerpfeilern. In einem Winkel des Gewölbes saßen ein Geigenspieler und ein Zithermädchen mit seinen zigeunerhaften Zügen; sie hatten ihre Instrumente auf dem Schoße liegen und schienen teilnahmslos vor sich hin zu sehen. Am Studententische knallte ein Champagnerpfropfen. „Trinke, mein böhmisch Liebchen!" rief ein junger Mann von junkerhaftem Äußerem, indem er ein volles Glas zu dem Mädchen hinüberreichte.

„Ich mag nicht", sagte sie, ohne ihre Stellung zu verändern.

„So singe!" rief der Junker und warf ihr eine Silbermünze in den Schoß. Das Mädchen strich sich langsam mit den Fingern durch ihr schwarzes Haar während der Geigenspieler ihr ins Ohr flüsterte: aber sie warf den Kopf zurück und stützte das Kinn auf ihre Zither. „Für den spiel' ich nicht", sagte sie.

Reinhard sprang mit dem Glase in der Hand auf und stellte sich vor sie.

„Was willst du?" fragte sie trotzig.

„Deine Augen sehen."

„Was gehen dich meine Augen an?"

Reinhard sah funkelnd auf sie nieder. „Ich weiß wohl, sie sind falsch!" – Sie legte ihre Wange in die flache Hand und sah ihn lauernd an. Reinhard hob sein Glas an den Mund. „Auf deine schönen, sündhaften Augen!" sagte er und trank.

Sie lachte und warf den Kopf herum. „Gib!" sagte sie, und indem sie ihre schwarzen Augen in die seinen heftete, trank sie langsam den Rest. Dann griff sie einen Dreiklang und sang mit tiefer, leidenschaftlicher Stimme:

Heute, nur heute
bin ich so schön;
morgen, ach morgen
muß alles vergehn!

Nur diese Stunde
bist du noch mein;
sterben, ach sterben
soll ich allein.

Während der Geigenspieler mit raschem Tempo das Nachspiel einsetzte, gesellte sich noch ein Ankömmling zu der Gruppe.

„Ich wollte dich abholen, Reinhard", sagte er. „Du warst schon fort; aber das Christkind war bei dir eingekehrt."

„Das Christkind?“ sagte Reinhard. „Das kommt nicht mehr zu mir.“

„Ei was! Dein ganzes Zimmer roch nach Tannenbaum und braunen Kuchen“

Reinhard setzte das Glas aus der Hand und griff nach seiner Mütze.

„Was willst du?“ fragte das Mädchen?

„Ich komme schon wieder.“

Sie runzelte die Stirn. „Bleib!“ rief sie leise und sah ihn vertraulich an.

Reinhard zögerte. „Ich kann nicht“, sagte er.

Sie stieß ihn lachend mit der Fußspitze. „Geh!“ sagte sie. „Du taugst nichts; ihr taugt alle miteinander nichts“. Und während sie sich abwandte stieg Reinhard langsam die Kellertreppe hinauf.

Draußen auf der Straße war es tiefe Dämmerung; er fühlte die frische Winterluft an seiner heißen Stirn. Hie und da fiel der helle Schein eines brennenden Tannenbaums aus den Fenstern, dann und wann hörte man von drinnen das Geräusch von kleinen Pfeifen und Blechtrompeten und dazwischen jubelnde Kinderstimmen. Scharen von Bettelkindern gingen von Haus zu Haus oder stiegen auf die Treppengeländer und suchten durch die Fenster einen Blick in die versagte

Herrlichkeit zu gewinnen. Mitunter wurde auch eine Tür plötzlich aufgerissen, und scheltende Stimmen trieben einen ganzen Schwarm solcher kleinen Gäste aus dem hellen Hause auf die dunkle Gasse hinaus; anderswo wurde auf dem Hausflur ein altes Weihnachtslied gesungen ; es waren klare Mädchenstimmen darunter. Reinhard horte sie nicht, er ging rasch an allem vorüber, aus einer Straße in die andere. Als er an seine Wohnung gekommen, war es fast völlig dunkel geworden; er stolperte die Treppe hinauf und trat in seine Stube. Ein süßer Duft schlug ihm entgegen; das heimelte ihn an, daß roch wie zu Haus der Mutter Weihnachtsstube. Mit zitternder Hand zündete er sein Licht an ; da lag ein großes Paket auf dem Tisch, und als er es öffnete, fielen die wohl bekannten braunen Festkuchen heraus; auf einigen waren die Anfangsbuchstaben seines Namens in Zucker ausgestreut; das konnte niemand anders als Elisabeth getan haben. Dann kam ein Päckchen mit feiner, gestickter Wäsche zum Vorschein, Tücher und Manschetten, zuletzt Briefe von der Mutter und von Elisabeth. Reinhard öffnete zuerst den letzteren; Elisabeth schrieb:

„Die schönen Zuckerbuchstaben können Dir wohl erzählen, wer bei Kuchen mit geholfen hat; dieselbe Person hat die Manschetten für Dich stickt. Bei uns wird es nun Weihnachtabend sehr still werden; Mutter stellt immer schon um zehn ihr Spinnrad in die Ecke; gar so einsam diesen Winter, wo Du nicht hier bist. Nun ist auch vorigen Sonntag der Hänfling gestorben, den Du mir geschenkt hattest; ich habe sehr geweint, aber ich hab' ihn doch immer gut gewartet. Der sang sonst immer nachmittags, wenn die Sonne auf sein Bauer schien; Du weißt, die Mutter hängte oft ein Tuch über, um ihn zu geschweigen, wenn er so recht aus Kräften sang. Da ist es nun noch stiller in der Kammer, nur daß Dein alter Freund Erich uns jetzt mitunter besucht. Du sagtest einmal, er sähe seinem braunen Überrock ähnlich. Daran muß ich nun immer denken, wenn er zur Tür hereinkommt, und er ist gar zu komisch; sag es aber nicht zur Mutter, sie wird dann leicht verdrießlich. – Rat, was ich Deiner Mutter zu Weihnachten schenke! Du rätst es nicht? Mich selber! Der Erich zeichnet mich in schwarzer Kreide; ich habe ihm schon dreimal sitzen müssen, jedesmal eine ganze Stunde. Es war mir recht zuwider, daß der fremde Mensch mein Gesicht so auswendig lernte. Ich wollte auch nicht, aber die Mutter redete mir zu; sie sagte: es würde der guten Frau Werner eine gar große Freude machen. Aber Du hältst nicht Wort, Reinhard. Du hast keine Märchen geschickt. Ich habe Dich oft bei Deiner Mutter verklagt; sie sagt dann immer, Du habest jetzt mehr zu tun als solche Kindereien. Ich glaub' es aber nicht; es ist wohl anders.“

Nun las Reinhard auch den Brief seiner Mutter, und als er beide Briefe gelesen und langsam wieder zusammengefaltet und weggelegt hatte, überfiel ihn unerbittliches

Heimweh. Er ging eine Zeitlang in seinem Zimmer auf und nieder; er sprach leise und dann halbverständlich zu sich selbst:

> Er wäre fast verirret
> und wußte nicht hinaus;
> da stand das Kind am Wege
> und winkte ihm nach Haus!

Dann trat er an sein Pult, nahm einiges Geld heraus und ging wieder auf die Straße hinab. – Hier war es mittlerweile stiller geworden; die Weihnachtsbäume waren ausgebrannt, die Umzüge der Kinder hatten aufgehört. Der Wind fegte durch die einsamen Straßen; Alte und

Junge saßen in ihren Häusern familienweise zusammen; der zweite Abschnitt des Weihnachtabends hatte begonnen.-

Als Reinhard in die Nähe des Ratskellers kam, hörte er aus der Tiefe herauf Geigenstriche und den Gesang des Zithermädchens; nun klingelte unten die Kellertür, und eine dunkle Gestalt schwankte die breite, matt erleuchtete Treppe herauf. Reinhard trat in den Häuserschatten und ging dann rasch vorüber. Nach einer Weile erreichte er den erleuchteten Laden eines Juweliers; und, nachdem er hier ein kleines Kreuz von roten Korallen eingehandelt hatte, ging er auf demselben Wege, den er gekommen war, wieder zurück.

Nicht weit von seiner Wohnung bemerkte er ein kleines, in klägliche Lumpen gehülltes Mädchen an einer hohen Haustür stehen, in vergeblicher Bemühung, sie zu öffnen. „Soll ich dir helfen?“ sagte er. Das Kind erwiderte nichts, ließ aber die schwere Türklinke fahren. Reinhard hatte schon die Tür geöffnet. „Nein“, sagte er, „sie könnten dich hinausjagen; komm mit mir! Ich will dir Weihnachtskuchen geben“ Dann machte er die Tür wieder zu und faßte das kleine Mädchen an der Hand, das stillschweigend mit ihm in seine Wohnung ging.

Er hatte das Licht beim Weggehen brennen lassen. „Hier hast du Kuchen“, sagte er und gab ihr die Hälfte seines ganzen Schatzes in die Schürze, nur keine mit Zuckerbuchstaben. „Nun geh nach Hause und gib deiner Mutter auch davon.“ Das Kind sah mit einem scheuen Blick zu ihm hinauf; es schien solcher Freundlichkeit ungewohnt und nichts darauf erwidern zu können. Reinhard machte die Tür auf und leuchtete ihr, und nun flog die Kleine wie ein Vogel mit ihren Kuchen die Treppe hinab und zum Hause hinaus.

Reinhard schürte das Feuer in seinem Ofen an und stellte das bestaubte Tintenfaß auf seinen Tisch: dann setzte er sich hin und schrieb, und schrieb die ganze Nacht Briefe an seine Mutter, an Elisabeth. Der Rest der Weihnachtskuchen lag unberührt neben ihm; aber die Manschetten von Elisabeth hatte er angeknöpft, was sich gar wunderlich zu seinem weißen Flauschrock ausnahm. So saß er noch, als die Wintersonne auf die gefrorenen Fensterscheiben fiel und ihm gegenüber im Spiegel ein blasses, ernstes Antlitz zeigte.

Daheim

Als es Ostern geworden war, reiste Reinhard in die Heimat. Am Morgen nach seiner Ankunft ging er zu Elisabeth. „Wie groß du geworden bist“, sagte er, als das schöne schmächtige Mädchen ihm lächelnd entgegenkam. Sie errötete, aber sie erwiderte nichts ihre Hand, die er beim Willkommen in die seine genommen, suchte sie ihm sanft zu entziehen. Er sah sie zweifelnd an; das hatte sie früher nicht getan; nun war es, als trete etwas Fremdes zwischen sie. – Das blieb auch, als er schon länger dagewesen und als er Tag für Tag immer wiedergekommen war.

Wenn sie allein zusammen saßen, entstanden Pausen, die ihm peinlich waren und denen er dann ängstlich zuvorzukommen suchte. Um während der Ferienzeit eine bestimmte Unterhaltung zu haben, fing er an, Elisabeth in der Botanik zu unterrichten, womit er sich in den ersten Monaten seines Universitätslebens angelegentlich beschäftigt hatte. Elisabeth, die ihm in allem zu folgen gewohnt und überdies lehrhaft war, ging bereitwillig darauf ein. Nun wurden mehrere Male in der Woche Exkursionen ins Feld oder in die Heiden gemacht; und hatten sie dann mittags die grüne Botanisierkapsel voll Kraut und Blumen nach Hause gebracht, so kam Reinhard einige Stunden später wieder, um mit Elisabeth den gemeinschaftlichen Fund zu teilen.

In solcher Absicht trat er eines Nachmittags ins Zimmer, als Elisabeth am Fenster stand und ein vergoldetes Vogelbauer, das er sonst nicht dort gesehen, mit frischem Hühnerschwarm besteckte. Im Bauer saß ein Kanarienvogel, der mit den Flügeln schlug und kreischend nach Elisabeths Finger pickte. Sonst hatte Reinhards Vogel an dieser Stelle gehangen. „Hat mein armer Hänfling sich nach seinem Tode in einen Goldfinken verwandelt?“ fragte er heiter.

„Das pflegen die Hänflinge nicht“, sagte die Mutter, welche spinnend im Lehnstuhle saß. „Ihr Freund Erich hat ihn heut mittag für Elisabeth von seinem Hofe hereingeschickt.“

„Von welchem Hofe?“

„Das wissen Sie nicht?“

„Was denn?“

„Daß Erich seit einem Monat den zweiten Hof seines Vaters am Immensee angetreten hat?“

„Aber Sie haben mir kein Wort davon gesagt.“

„Ei“, sagte die Mutter, „Sie haben sich auch noch mit keinem Worte nach Ihrem Freunde erkundigt. Er ist ein gar lieber, verständiger junger Mann.“ Die Mutter ging hinaus, um den Kaffee zu besorgen; Elisabeth hatte Reinhard den Rücken zugewandt und war noch mit dem Bau ihrer kleinen Laube beschäftigt. „Bitte, nur ein kleines Weilchen“, sagte sie; „gleich bin ich fertig.“ – Da Reinhard wider seine Gewohnheit nicht antwortete, so wandte sie sich um. In seinen Augen lag ein plötzlicher Ausdruck von Kummer, den sie nie darin gewahrt hatte.

„Was fehlt dir, Reinhard?“ fragte sie indem sie nahe zu ihm trat.

„Mir?“ fragte er gedankenlos und ließ seine Augen träumerisch in den ihren ruhen.

„Du siehst so traurig aus.“

„Elisabeth“, sagte er, „ich kann den gelben Vogel nicht leiden.“

Sie sah ihn staunend an; sie verstand ihn nicht. „Du bist so sonderbar“, sagte sie.

Er nahm ihre beiden Hände, die sie ruhig in den seinen ließ. Bald trat die Mutter wieder herein.

Nach dem Kaffee setzte diese sich an ihr Spinnrad; Reinhard und Elisabeth gingen ins Nebenzimmer, um ihre Pflanzen zu ordnen. Nun wurden Staubgefäße gezählt, Blätter und Blüten sorgfältig ausgebreitet und von jeder Art zwei Exemplare zum Trocknen zwischen die Blätter eines großen Folianten gelegt. Es war sonnige Nachmittagsstille; nur nebenan schnurrte der Mutter Spinnrad, und von Zeit zu Zeit wurde Reinhards gedämpfte Stimme gehört, wenn er die Ordnungen und Klassen der Pflanzen nannte oder Elisabeths ungeschickte Aussprache der lateinischen Namen korrigierte.

„Mir fehlt noch von neulich die Maiblume“, sagte sie jetzt, als der ganze Fund bestimmt und geordnet war.

Reinhard zog einen kleinen weißen Pergamentband aus der Tasche. „Hier ist ein Maiblumenstengel für dich", sagte er, indem er die halbgetrocknete Pflanze herausnahm.

Als Elisabeth die beschriebenen Blätter sah, fragte sie: „Hast du wieder Märchen gedichtet?"

„Es sind keine Märchen", antwortete er und reichte ihr das Buch.

Es waren lauter Verse, die meisten füllten höchstens eine Seite. Elisabeth wandte ein Blatt nach dem andern um; sie schien nur die Überschriften zu lesen. „Als sie vom Schulmeister gescholten war.“ „Als sie sich im Walde verirrt hatten.“ „Mit dem Ostermärchen.“ „Als sie mir zum erstenmal geschrieben hatte“; in der Weise lauteten fast alle. Reinhard blickte forschend zu ihr hin, und indem sie immer weiterblätterte, sah er, wie zuletzt auf ihrem klaren Antlitz ein zartes Rot hervorbrach und es allmählich ganz überzog. Er wollte ihre Augen sehen; aber Elisabeth sah nicht auf und legte das Buch am Ende schweigend vor ihm hin.

„Gib es mir nicht so zurück!“ sagte er. Sie nahm ein braunes Reis aus der

Blechkapsel. „Ich will dein Lieblingskraut hineinlegen“, sagte sie und gab ihm das Buch in seine Hände. – –

Endlich kam der letzte Tag der Ferienzeit und der Morgen der Abreise. Auf ihre Bitte erhielt Elisabeth von der Mutter die Erlaubnis, ihren Freund an den Postwagen zu begleiten, der einige Straþen von ihrer Wohnung seine Station hatte. Als sie vor die Haustür traten, gab Reinhard ihr den Arm; so ging er schweigend neben dem schlanken Mädchen her. Je näher sie ihrem Ziele kamen, desto mehr war es ihm, er habe ihr, ehe er auf so lange

Abschied nehme, etwas Notwendiges mitzuteilen – etwas, wovon aller Wert und alle Lieblichkeit seines künftigen Lebens abhänge, und doch konnte er sich des erlösenden Wortes nicht bewußt werden. Das ängstigte ihn; er ging immer langsamer.

„Du kommst zu spät", sagte sie, „es hat schon zehn geschlagen auf St. Marien."

Er ging aber darum nicht schneller. Endlich sagte er stammelnd: „Elisabeth, du wirst mich nun in zwei Jahren gar nicht sehen – – wirst du mich wohl noch ebenso liebhaben wie jetzt, wenn ich wieder da bin?"

Sie nickte und sah ihm freundlich ins Gesicht. – „Ich habe dich auch verteidigt“, sagte sie nach einer Pause.

„Mich? Gegen wen hattest du daß nötig?“

„Gegen meine Mutter. Wir sprachen gestern abend, als du weggegangen warst, noch lange über dich. Sie meinte, du seiest nicht mehr so gut, wie du gewesen.“

Reinhard schwieg einen Augenblick; dann aber nahm er ihre Hand in die seine, und indem er ihr ernst in ihre Kinderaugen blickte, sagte er: „Ich bin noch ebenso gut, wie ich gewesen bin;

glaube du das nur fest! Glaubst du es Elisabeth?“

„Ja“; sagte sie. Er ließ ihre Hand los und ging rasch mit ihr durch die letzte Straße. Je näher ihm der Abschied kam, desto freudiger ward sein Gesicht; er ging ihr fast zu schnell.

„Was hast du, Reinhard?“ fragte sie.

„Ich habe ein Geheimnis, ein schönes!“ sagte er und sah sie mit leuchtenden Augen an. „Wenn ich nach zwei Jahren wieder da bin, dann sollst du es erfahren.“

Mittlerweile hatten sie den Postwagen erreicht; es war noch eben Zeit genug. Noch einmal nahm

Reinhard ihre Hand. „Leb wohl“, sagte er, „leb wohl, Elisabeth. Vergiß es nicht!“

Sie schüttelte mit dem Kopf. „Leb wohl!“ sagte sie. Reinhard stieg hinein, und die Pferde zogen an.

Als der Wagen um die Straßenecke rollte, sah er noch einmal ihre liebe Gestalt, wie sie langsam den Weg zurückging.

Ein Brief

Fast zwei Jahre nachher saß Reinhard vor seiner Lampe zwischen Büchern und Papieren in Erwartung eines Freundes, mit welchem er gemeinschaftliche Studien übte. Man kam die Treppe herauf. „Herein!" – Es war die Wirtin. „Ein Brief für Sie, Herr Werner!" Dann entfernte sie sich wieder.

Reinhard hatte seit seinem Besuch in der Heimat nicht an Elisabeth geschrieben und von ihr keinen Brief mehr erhalten. Auch dieser war nicht von ihr es war die Hand seiner Mutter. Reinhard brach und las, und bald las er folgendes:

„In Deinem Alter, mein liebes Kind hat noch fast jedes Jahr sein eigenes Gesicht: denn die Jugend läßt sich nicht ärmer machen. Hier ist auch manches anders geworden, was Dir wohl erstan weh tun wird, wenn ich

Dich sonst recht verstanden habe. Erich hat sich gestern endlich das Jawort von Elisabeth geholt, nachdem er in dem letzten Vierteljahr zweimal vergebens angefragt hatte. Sie hat sich immer nicht dazu entschließen können; nun hat sie es endlich doch getan; sie ist auch noch gar so jung. Die Hochzeit soll bald sein, und die Mutter wird dann mit ihnen fortgehen."

Immensee

Wiederum waren Jahre vorüber. – Auf einem abwärts fahrenden schattigen Waldwege wanderte an einem warmen Frühlingsnachmittage ein junger Mann mit kräftigem, gebräuntem Antlitz. Mit seinen ernsten grauen Augen sah er gespannt in die Ferne, als erwarte er endlich eine Veränderung des einförmigen Weges, die jedoch immer nicht eintreten wollte. Endlich kam ein Karrenfuhrwerk langsam von unten herauf. „Holla! guter Freund", rief der Wanderer dem nebengehenden Bauer zu, „geht's hier recht nach Immensee?"

„Immer geradeaus", antwortete der Mann und rückte an seinem Rundhute.

„Hat's denn noch weit bis dahin?"

„Der Herr ist dicht davor. Keine halbe Pfeif' Tobak, so haben's den See; das Herrenhaus liegt hart daran."

Der Bauer fuhr vorüber; der andere ging eiliger unter den Bäumen entlang. Nach einer Viertelstunde hörte ihm zur Linken plötzlich der Schatten auf; der Weg führte an einem Abhang, aus dem die Wipfel hundertjähriger Eichen nur kaum hervorragten. Über sie hinweg öffnete sich eine weite, sonnige Landschaft. Tief unten lag der See, ruhig, dunkelblau, fast ringsum von grünen, sonnbeschienenen Wäldern umgeben; nur an einer Stelle traten sie auseinander und gewährten eine tiefe Fernsicht, bis auch diese durch blaue Berge geschlossen wurde. Quer gegen über, mitten in dem grünen Laub der Wälder, lag es wie Schnee darüberher; das waren blühende Obstbäume, und daraus hervor auf dem hohen Ufer erhob sich das Herrenhaus, weiß mit roten Ziegeln. Ein Storch flog vom Schornstein auf und kreiste langsam aber dem Wasser. – „Immensee!“ rief der Wanderer. Es war fast, als hatte er jetzt das Ziel seiner Reise erreicht; denn er stand unbeweglich und sah über die Wipfel der Bäume zu seinen Füßen hinüber ans andere Ufer, wo das Spiegelbild des Herrenhauses leise schaukelnd auf dem Wasser schwamm. Dann setzte er plötzlich seinen Weg fort.

Es ging jetzt fast steil den Berg hinab, so daß die untenstehenden Bäume wieder Schatten gewährten, zugleich aber die Aussicht auf den See verdeckten, der nur zuweilen zwischen den Lücken der Zweige hindurchblitzte. Bald ging es wieder sanft empor, und nun verschwand rechts und links die Holzung; statt dessen streckten sich dichtbelaubte Weinhügel am Wege entlang; zu beiden Seiten desselben standen blühende Obstbäume voll surrender, wühlender Bienen. Ein stattlicher

Mann in braunem Überrock kam dem Wanderer entgegen. Als er ihn fast erreicht hatte, schwenkte er seine Mütze und rief mit heller Stimme:

„Willkommen, willkommen, Bruder Reinhard! Willkommen auf Gut Immensee!“

„Gott grüß dich, Erich, und Dank für dein Willkommen!“ rief ihm der andere entgegen.

Dann waren sie zueinander gekommen und reichten sich die Hände.

„Bist du es denn aber auch?“ sagte Erich, als er so nahe in das ernste

Gesicht seines alten Schulkameraden sah.

„Freilich bin ich's, Erich, und du bist es auch; nur siehst du noch fast heiterer aus, als du schon sonst immer getan hast."

Ein frohes Lächeln machte Erichs einfache Züge bei diesen Worten noch um vieles heiterer. „Ja, Bruder Reinhard", sagte er, diesem noch einmal seine Hand reichend, „ich habe aber auch seitdem das große Los gezogen, du weißt es ja." Dann rieb er sich die Hände und rief vergnügt: „Das wird eine Überraschung! Den erwartet sie nicht, in alle Ewigkeit nicht!"

„Eine Überraschung?“ fragte Reinhard.

„Für wen denn?“

„Für Elisabeth.“

„Elisabeth! Du hast ihr nicht von meinem Besuch gesagt?“

„Kein Wort, Bruder Reinhard; sie denkt nicht an dich, die Mutter auch nicht. Ich hab' dich ganz im geheim verschrieben, damit die Freude desto größer sei. Du weißt, ich hatte immer so meine stillen Plänchen.“

Reinhard wurde nachdenklich; der Atem schien ihm schwer zu werden, je näher sie dem Hofe kamen. An der linken Seite des Weges hörten nun auch die Weingärten auf und machten einem weitläufigen Küchengarten Platz, der sich bis fast an das Ufer des Sees hinabzog. Der Storch hatte sich mittlerweile niedergelassen und spazierte gravitätisch zwischen den Gemüsebeeten umher. „Holla“, rief Erich, in die Hände klatschend, „stiehlt mir der hochbeinige Ägypter schon wieder meine kurzen Erbsenstangen!“ Der Vogel erhob sich langsam und flog auf das Dach eines neuen Gebäudes, das am Ende des Küchengartens lag und dessen Mauern mit aufgebundenen Pfirsich- und Aprikosenbäumen überzweigt waren. „Das ist die Spritfabrik“, sagte Erich; „ich habe sie erst vor zwei Jahren angelegt. Die Wirtschaftsgebäude hat mein Vater selig neu aufsetzen lassen; das Wohnhaus ist schon von meinem Großvater gebaut worden. So kommt man immer ein bißchen weiter.“

Sie waren bei diesen Worten auf einen geräumigen Platz gekommen, der an den Seiten durch die ländlichen Wirtschaftsgebäude, im Hintergrunde durch das Herrenhaus begrenzt wurde, an dessen beide Flügel sich eine hohe Gartenmauer anschloß; hinter dieser sah man die Züge dunkler Taxuswände, und hin und wieder ließen Syringenbäume ihre blühenden Zweige in den Hofraum hinunterhängen. Männer mit sonnen- und arbeitsheißen Gesichtern gingen über den Platz und grüßten die Freunde, während Erich dem einen und dem anderen einen Auftrag oder eine Frage über ihr Tagewerk entgegenrief. – Dann hatten sie das Haus erreicht. Ein hoher, kahler Hausflur nahm sie auf, an dessen Ende sie links in einen etwas dunkleren Seitengang einbogen. Hier öffnete Erich eine Tür, und sie traten in einen geräumigen Gartensaal, der durch das Laubgedränge, welches die gegenüberliegenden Fenster bedeckte, zu beiden Seiten mit grüner Dämmerung erfüllt war; zwischen diesen aber ließen zwei hohe, weit geöffnete Flügeltüren den vollen Glanz der Frühlingssonne hereinfallen und gewahrten die Aussicht in einen Garten mit gezirkelten Blumenbeeten und hohen, steilen Laubwänden, geteilt durch einen graden breiten Gang, durch welchen man auf den See und weiter auf die gegenüberliegenden Wälder hinaussah. Als die Freunde hineintraten, trug die Zugluft ihnen einen Strom von Duft entgegen.

Auf einer Terrasse vor der Gartentür saß eine weiße, mädchenhafte Frauengestalt. Sie stand auf und ging den Eintretenden entgegen; aber auf halbem Wege blieb sie wie angewurzelt stehen und starrte den Fremden unbeweglich an. Er streckte ihr lächelnd die Hand entgegen. „Reinhard!“ rief sie. „Reinhard! Mein Gott, du bist es! – Wir haben uns lange nicht gesehen.“

„Lange nicht“, sagte er und konnte nichts weiter sagen; denn als er ihre Stimme hörte, fühlte er einen feinen körperlichen Schmerz am Herzen und wie er zu ihr aufblickte, stand sie vor ihm, dieselbe leichte, zärtliche

Gestalt, der er vor Jahren in seiner Vaterstadt Lebewohl gesagt hatte.

Erich war mit freudestrahlendem Antlitz an der Tür zurückgeblieben. „Nun Elisabeth“, sagte er, „gelt, den hättest du nicht erwartet, den in alle Ewigkeit nicht!“

Elisabeth sah ihn mit schwesterlichen Augen an. „Du bist so gut, Erich!“ sagte sie.

Er nahm ihre schmale Hand liebkosend in die seinen. „Und nun wir ihn haben“, sagte er, „nun lassen wir ihn so bald nicht wieder los. Er ist so lange draußen gewesen; wir wollen ihn wieder heimisch machen. Schau nur, wie fremd und vornehm er aussehen worden ist.“

Ein scheuer Blick Elisabeths streifte Reinhards Antlitz. „Es ist nur die Zeit, die wir nicht beisammen waren“, sagte er.

In diesem Augenblick kam die Mutter, mit einem Schlüsselkörbchen am Arm, zur Tür herein. „Herr Werner“, sagte sie, als sie Reinhard erblickte; „ein ebenso lieber wie unerwarteter Gast“ – Und nun ging die Unterhaltung in Fragen und Antworten ihren ebenen Tritt. Die Frauen setzten sich zu ihrer Arbeit, und während Reinhard die für ihn bereiteten Erfrischungen genoß, hatte

Erich seinen soliden Meerschaumkopf angebrannt und saß dampfend und diskurrierend an seiner Seite.

Am andern Tage mußte Reinhard mit ihm hinaus ; auf die Acker, in die Weinberge, in den Hopfengarten, in die Spritfabrik. Es war alles wohl bestellt; die Leute, welche auf dem Felde und bei den Kesseln arbeiteten, hatten alle ein gesundes und zufriedenes Aussehen. Zu Mittag kam die Familie im Gartensaal zusammen, und der Tag wurde dann, je nach der Muße der Wirte, mehr oder minder gemeinschaftlich verlebt Nur die Stunden vor dem Abendessen, wie die ersten des Vormittags, blieb Reinhard arbeitend auf seinem Zimmer. Er hatte seit Jahren, wo er deren habhaft werden konnte, die im Volke lebenden Reime und Lieder gesammelt und ging daran seinen Schatz zu ordnen und womöglich mit neuen Aufzeichnungen aus der Umgegend zu vermehren. – Elisabeth war zu allen Zeiten sanft und freundlich; Erichs immer gleichbleibende Aufmerksamkeit nahm sie mit einer fast demütigen Dankbarkeit auf, und Reinhard dachte mitunter, das heitere Kind von ehedem habe wohl eine weniger stille Frau versprochen.

Seit dem zweiten Tage seines Hierseins pflegte er abends einen Spaziergang an deren Ufer des Sees zu machen. Der Weg führte hart unter dem Garten vorbei. Am Ende desselben, auf einer vorspringenden Bastei, stand eine Bank unter hohen Birken; die Mutter hatte sie die Abendbank getauft, weil der Platz gegen Abend lag und des Sonnenuntergangs halber um diese Zeit am meisten benutzt wurde. – Von einem Spaziergange auf diesem Wege kehrte Reinhard eines Abends zurück als er vom Regen überrascht wurde Er suchte Schutz unter einer an Wasser stehenden Linde; aber die schweren

Tropfen schlugen bald durch die Blätter. Durchnäßt, wie er war, ergab er sich darein und setzte langsam seinen Rückweg fort. Es war fast dunkel; der Regen fiel immer dichter. Als er sich der Abendbank näherte, glaubte er zwischen den schimmerden Birkenstämmen eine weiße Frauengestalt zu unterscheiden. Sie stand unbeweglich und, wie er beim Näherkommen zu erkennen meinte, zu ihm hingewandt, als wenn sie jemanden erwarte. Er glaubte, es sei Elisabeth. Als er aber rascher zuschritt, um sie zu erreichen und dann mit ihr zusammen durch den Garten ins Haus zurückzukehren, wandte sie sich langsam ab und verschwand in die dunklen Seitengänge. Er konnte das nicht reimen; er war aber fast zornig auf Elisabeth, und dennoch zweifelte er, ob sie es gewesen sei; aber er scheute sich, sie danach zu fragen; ja, er ging bei seiner Rückkehr nicht in den Gartensaal, nur um Elisabeth nicht etwa durch die Gartentür hereintreten zu sehen.

Meine Mutter hat's gewollt

Einige Tage nachher, es ging schon gegen Abend, saß die Familie, wie gewöhnlich um diese Zeit, im Gartensaal zusammen. Die Türen standen offen; die Sonne war schon hinter den Wäldern jenseit des Sees.

Reinhard wurde um die Mitteilung einiger Volkslieder gebeten, welche er am Nachmittag von einem auf dem Lande wohnenden Freunde geschickt bekommen hatte. Er ging auf sein Zimmer und kam gleich darauf mit einer Papierrolle zurück, welche aus einzelnen sauber geschriebenen Blätern zu bestehen schien.

Man setzte sich an den Tisch, Elisabeth an Reinhards Seite. „Wir lesen auf gut Glück“, sagte er, „ich habe sie selber noch nicht durchgesehen.“

Elisabeth rollte das Manuskript auf. „Hier sind Noten“, sagte sie, „das mußt du singen, Reinhard.“

Und dieser las nun zuerst einige Tiroler Schnaderhüpferl, indem er beim Lesen je zuweilen die lustige Melodie mit halber Stimme anklingen ließ. Eine allgemeine Heiterkeit bemächtigte sich der kleinen Gesellschaft. „Wer hat doch aber die schönen Lieder gemacht?“ fragte Elisabeth.

„Ei“, sagte Erich, „das hört man den Dingern schon an; Schneidergesellen und Friseure und derlei luftiges Gesindel.“

Reinhard sagte: „Sie werden gar nicht gemacht; sie wachsen, sie fallen aus der Luft, sie fliegen über Land wie Mariengarn, hierhin und dorthin und werden an tausend Stellen zugleich gesungen. Unser eigenstes Tun und Leiden finden wir in diesen Liedern; es ist, als ob wir alle an ihnen mitgeholfen hätten."

Er nahm ein anderes Blatt: „Ich stand auf hohen Bergen ..."

„Das kenne ich!" rief Elisabeth. „Stimme nur an, Reinhard, ich will dir helfen."

Und nun sangen sie jene Melodie, die so rätselhaft ist, daß man nicht glauben kann, sie sei von Menschen erdacht worden; Elisabeth mit ihrer etwas verdeckten Altstimme dem Tenor sekundierend.

Die Mutter saß inzwischen emsig an ihrer Näherei, Erich hatte die Hände ineinander gelegt und hörte andachtig zu. Als das Lied zu Ende war, legte Reinhard das Blatt schweigend beiseite. – Vom Ufer des Sees herauf kam durch die Abendstille das Geläute der Herdenglocken; sie horchten unwillkürlich; da hörten sie eine klare Knabenstimme singen:

> Ich stand auf hohen Bergen
> Und sah ins tiefe Tal ...

Reinhard lächelte: „Hört ihr es wohl? So geht's von Mund zu Mund."

„Es wird oft in dieser Gegend gesungen", sagte Elisabeth.

„Ja", sagte Erich, „es ist der Hirtenkaspar; er treibt die Starken heim."

Sie horchten noch eine Weile, bis das Geläute oben hinter den Wirtschafts gebäuden verschwunden war. „Das sind Urtöne", sagte Reinhard; „sie schlafen in Waldesgründen; Gott weiß, wer sie gefunden hat."

Er zog ein neues Blatt heraus.

Es war schon dunkler geworden; ein roter Abendschein lag wie Schaum auf den Wäldern jenseit des Sees. Reinhard rollte das Blatt auf, Elisabeth legte an der einen Seite ihre Hand darauf und sah mit hinein. Dann las Reinhard:

Meine Mutter hat's gewollt,
den andern ich nehmen
sollt;
was ich zuvor besessen,
mein Herz sollt es vergessen;
das hat es nicht gewollt.

Meine Mutter klag ich an,
sie hat nicht wohl getan;
was sonst in Ehren stünde,

nun ist es worden Sünde;
was fang ich an?

Für all mein Stolz und Freud
gewonnen hab ich Leid.
Ach, war das nicht
geschehen,
ach, könnt ich betteln gehen
über die braune Heid!

Während des Lesens hatte Reinhard ein unmerkliches Zittern des Papiers empfunden; als er zu Ende war, schob Elisabeth leise ihren Stuhl zurück und ging schweigend in den Garten hinab. Ein Blick der Mutter folgte ihr. Erich wollte nachgehen; doch die Mutter sagte: „Elisabeth hat draußen zu tun.“ So unterblieb es.

Draußen aber legte sich der Abend mehr und mehr aber Garten und See die Nachtschmetterlinge schossen surrend an den offenen Türen vorüber durch welche der Duft der Blumen und Gesträuche immer stärker herein drang; vom Wasser herauf kam das Geschrei der Frösche, unter den Fenstern schlug eine Nachtigall, tiefer im Garten eine andere; der Mond sah über die Bäume. Reinhard blickte noch eine Weile auf die Stelle, wo Elisabeths feine Gestalt zwischen den Laubgängen verschwunden war; dann rollte er sein Manuskript zusammen, grüßte die Anwesenden und ging durchs Haus an das Wasser hinab.

Die Wälder standen schweigend und warfen ihr Dunkel weit auf den See hinaus, während die Mitte desselben in schwüler Mondesdämmerung lag. Mitunter schauerte ein leises Säuseln durch die Bäume; aber es war kein Wind, es war nur das Atmen der Sommernacht. Reinhard ging immer am Ufer entlang. Einen Steinwur vom Lande konnte er eine weiße Wasserlilie erkennen. Auf einmal wandelte ihn die Lust an, sie in der Nähe zu sehen; er warf seine Kleider ab und stieg ins Wasser. Es war flach, scharfe Pflanzen und Steine schnitten ihn an den Füßen, und er kam immer nicht in die zum Schwimmen nötige Tiefe. Dann war es plötzlich unter ihm weg, die Wasser quirlten über ihm zusammen und es dauerte eine Zeitlang, ehe er wieder auf die Oberfläche kam. Nun regte er Hand und Fuß und schwamm im Kreise umher, bis er sich bewußt geworden, von wo er hineingegangen war. Bald sah er auch die Lilie wieder; sie lag einsam zwischen den großen blanken Blättern. – Er schwamm lansam hinaus und hob mitunter die Arme aus dem Wasser, daß die herabrieselnden Tropfen im Mondlicht blitzten; aber es war, als ob die Entfernung zwischen ihm und derBlume dieselbe bliebe; nur das Ufer lag, wenn er sich umblickte, in immer ungewisserem Dufte hinter ihm. Er gab indes sein Unternehmen nicht auf, sondern schwamm rüstig in derselben Richtung fort. Endlich war er der Blume so nahe gekommen, daß er die silbernen Blätter deutlich im Mondlicht unterscheiden konnte; zugleich aber fühlte er sich wie in einem Netze verstrickt; die glatten Stengel langten vom Grunde herauf und rankten sich an seine nackten Glieder. Das unbekannte Wasser lag so schwarz um ihn her, hinter sich hörte er das Springen eines Fisches; es wurde ihm plötzlich so unheimlich in dem fremden Elemente, daß er mit Gewalt das Gestrick der Pflanzen zerriß und in atemloser Hast dem Lande zuschwamm. Als er von hier auf den See zurückblickte lag die Lilie wie zuvor fern und einsam über der dunkeln Tiefe. – Er kleidete sich an und ging langsam nach Hause zurück. Als er aus dem Garten in den Saal trat, fand er Erich und die Mutter in den Vorbereitungen einer kleinen Geschäftsreise, welche am andern Tage vor sich gehen sollte.

„Wo sind denn Sie so spät in der Nacht gewesen?" rief ihm die Mutter entgegen.

„Ich?“ erwiderte er; „Ich wollte die Wasserlilie besuchen; es ist aber nichts daraus geworden.“

„Das versteht wieder einmal kein Mensch!“ sagte Erich. „Was tausend hattest du denn mit der Wasserlilie zu tun?“

„Ich habe sie früher einmal gekannt“, sagte Reinhard; „es ist aber schon lange her.“

Elisabeth

Am folgenden Nachmittag wanderten Reinhard und Elisabeth jenseit des Sees, bald durch die Holzung, bald auf dem hohen vorspringenden Uferrande. Elisabeth hatte von Erich den Auftrag erhalten, während seiner und der Mutter Abwesenheit Reinhard mit den schönsten Aussichten der nächsten Umgegend, namentlich von der andern Uferseite auf den Hof selber, bekannt zu machen. Nun gingen sie von einem Punkt zum andern. Endlich wurde Elisabeth müde und setzte sich in den Schatten überhängender Zweige, Reinhard stand ihr gegenüber an einen Baumstamm gelehnt; da hörte er tiefer im Walde den Kuckuck rufen, und es kam ihm plötzlich, dies alles sei schon einmal ebenso gewesen. Er sah sie seltsam lachelnd an. „Wollen wir Erdbeeren suchen?“ fragte er. „Es ist keine Erdbeerenzeit“, sagte sie.

„Sie wird aber bald kommen.“

Elisabeth schüttelte schweigend den Kopf; dann stand sie auf, und beide setzten ihre Wanderung fort; und wie sie so an seiner Seite ging, wandte sein Blick sich immer wieder nach ihr hin; denn sie ging schön, als wenn sie von ihren Kleidern getragen würde. Er blieb oft unwillkürlich einen Schritt zurück, um sie ganz und voll ins Auge fassen zu können. So kamen sie an einen freien, heidebewachsenen Platz mit einer weit ins Land reichenden Aussicht. Reinhard bückte sich und pflückte etwas von den am Boden wachsenden Kräutern. Als er wieder aufsah, trug sein Gesicht den Ausdruck leidenschaftlichen Schmerzes.

„Kennst du diese Blume?“ sagte er.

Sie sah ihn fragend an. „Es ist eine Erika. Ich habe sie oft im Walde gepflückt.“

„Ich habe zu Hause ein altes Buch“, sagte er, „ich pflegte sonst allerlei Lieder und Reime hineinzuschreiben; es ist aber lange nicht mehr geschehen. Zwischen den Blättern liegt auch eine Erika; aber es ist nur eine verwelkte Weißt du, wer sie mir gegeben hat?“ Sie nickte stumm; aber sie schlug die Augen nieder und sah nur auf das Kraut, das er in der Hand hielt. So standen sie lange. Als sie die Augen gegen ihn aufschlug, sah er, daß sie voll Tränen waren.

„Eliabeth“, sagte er, „hinter jenen blauen Bergen liegt unsere Jugend. Wo ist sie geblieben?“

Sie sprachen nichts mehr; sie gingen stumm nebeneinander zum See hinab. Die Luft war schwül, im Westen stieg schwarzes Gewölk auf. „Es wird Gewitter“, sagte Elisabeth, indem sie ihren Schritt beeilte. Reinhard nickte schweigend, und beide gingen rasch am Ufer entlang, bis sie ihren Kahn erreicht hatten.

Während der Überfahrt ließ Elisabeth ihre Hand auf dem Rande des Kahnes ruhen. Er blickte beim Rudern zu ihr hinüber; sie aber sah an ihm vorbei in die Ferne. So glitt sein Blick herunter und blieb auf ihrer Hand; und diese blasse Hand verriet ihm, was ihr Antlitz ihm verschwiegen hatte. Er sah auf ihr jenen feinen Zug geheimen Schmerzes, der sich so gern schönen Frauenhände bemächtigt, die nachts auf krankem Herzen liegen. – Als Elisabeth sein Auge auf ihrer Hand ruhen fühlte, ließ sie sie langsam über Bord ins Wasser gleiten.

Auf dem Hofe angekommen, trafen sie einen Scherenschleiferkarren vor dem Herrenhause; ein Mann mit schwarzen, niederhängenden Locken trat emsig das Rad und summte eine Zigeunermelodie zwischen den Zähnen, während ein eingeschirrter Hund schnaufend daneben lag. Auf dem Hausflur stand in Lumpen gehüllt ein Mädchen mit verstörten, schönen Zügen und streckte bettelnd die Hand gegen Elisabeth aus.

Reinhard griff in seine Tasche; aber Elisabeth kam ihm zu vor und schüttete hastig den ganzen Inhalt ihrer Börse in die offene Hand der Bettlerin. Dann wandte sie sich eilig ab, und Reinhard hörte, wie sie schluchzend die Treppe hinaufging.

Er wollte sie aufhalten, aber er besann sich und blieb an der Treppe zurück Das Mädchen stand noch immer auf dem Flur, unbeweglich, das empfangene Almosen in der Hand. „Was willst du noch?“ fragte Reinhard.

Sie fuhr zusammen. „Ich will nichts mehr“, sagte sie; dann den Kopf nach ihm zurückwendend, ihn anstarrend mit den verirrten Augen, ging sie langsam gegen die Tür. Er rief einen Namen aus, aber sie hörte es nicht mehr; mit gesenktem Haupte, mit über der Brust gekreuzten Armen schritt sie aber den Hof hinab.

Sterben, ach sterben
soll ich allein!

Ein altes Lied brauste ihm ins Ohr der Atem stand ihm still; eine kurze Weile, dann wandte er sich ab und ging auf sein Zimmer.

Er setzte sich hin, um zu arbeiten, aber er hatte keine Gedanken. Nachdem er es eine Stunde lang vergebens versucht hatte, ging er ins Familienzimmer hinab. Es war niemand da, nur kühle, grüne Dämmerung; auf Elisabeths Nähtisch lag ein rotes Band, das sie am

Nachmittag um den Hals getragen hatte. Er nahm es in die Hand, aber es tat ihm weh, und er legte es wieder hin. Er hatte keine Ruhe, er ging an den See hinab und band den Kahn los; er ruderte hinüber und ging noch einmal alle Wege, die er kurz vorher mit Elisabeth zusammen gegangen war. Als er wieder nach Hause kam, war es dunkel; auf dem Hofe þegegnete ihm der Kutscher, der die Wagenpferde ins Gras bringen wollte; die Reisenden waren eben zurückgekehrt. Bei seinem Eintritt in den Hausflur hörte er Erich im Gartensaal auf und ab schreiten. Er ging nicht zu ihm hinein; er stand einen Augenblick still und stieg dann leise die Treppe hinauf nach seinem Zimmer. Hier setzte er sich in den Lehnstuhl am Fenster; er tat vor sich selbst, als wolle er die Nachtigall hören, die unten in den Taxuswänden schlug, aber er hörte nur den Schlag seines eigenen Herzens. Unter ihm im Hause ging alles zur Ruh, die Nacht verrann er fühlte es nicht. – So saß er stundenlang. Endlich stand er auf und legte sich ins offene Fenster. Der Nachttau rieselte zwischen den Blättern, die Nachtigall hatte aufgehört zu schlagen. Allmählich wurde auch das tiefe Blau des Nachthimmels von Osten her durch einen blaßgelben Schimmerverdrängt; ein frischer Wind erhob sich und streifte Reinhards heiße Stirn; die erste Lerche stieg jauchzend in die Luft. – Reinhard kehrte sich plötzlich um und trat an den Tisch; er tappte nach einem Bleistift, und als er diesen gefunden, setzte er sich und schrieb damit einige Zeilen auf einen weißen Bogen Papier. Nachdem er hiermit fertig war, nahm er Hut und Stock, und das Papier zurücklassend, öffnete er behutsam die Tür und stieg in den Flur hinab. Die Morgendämmerung ruhte noch in allen Winkeln; die große Hauskatze dehnte sich auf der

Strohmatte und sträubte den Rücken gegen seine Hand, die er ihr gedankenlos entgegenhielt. Draußen im Garten aber priesterten schon die Sperlinge von der Zweigen und sagten es allen, daß die Nacht vorbei sei. Da hörte er oben im Hause eine Tür gehen; es kam die Treppe herunter, und als er aufsah stand Elisabeth vor ihm. Sie legte die Hand auf seinen Arm, sie bewegte die Lippen, aber er hörte keine Worte. „Du kommst nicht wieder“, sagte sie endlich. „Ich weiß es, lüge nicht; du kommst nie wieder.“

„Nie“, sagte er. Sie ließ die Hand sinken und sagte nichts mehr. Er ging über den Flur der Tür zu; dann wandte er sich noch einmal. Sie stand bewegungslos an derselben Stelle und sah ihn mit toten Augen an. Er tat einen Schritt vorwärts und streckte die Arme nach ihr aus. Dann kehrte er sich gewaltsam ab und ging zur Tür hinaus. – Draußen lag die Welt im frischen Morgenlichte, die Tauperlen, die in den Spinngeweben hingen, blitzten in den ersten Sonnenstrahlen. Er sah nicht rückwärts; er wanderte rasch hinaus; und mehr und mehr versank hinter ihm das stille Gehöft, und vor ihm auf stieg die große, weite Welt. – –

Der Alte

Der Mond schien nicht mehr in die Fensterscheiben, es war dunkel geworden; der Alte aber saß noch immer mit gefalteten Händen in seinem Lehnstuhl und blickte vor sich hin in den Raum des Zimmers. Allmählich verzog sich vor seinen Augen die schwarze Dämmerung um ihn her zu einem breiten, dunkeln See; ein schwarzes Gewässer legte sich hinter das andere, immer tiefer und ferner, und auf dem letzten, so fern, daß die Augen des Alten sie kaum erreichten, schwamm einsam zwischen breiten Blättern eine weiße Wasserlilie.

Die Stubentür ging auf, und ein heller Lichtstrahl fiel ins Zimmer. „Es ist gut, daß Sie kommen, Brigitte“, sagte der Alte. „Stellen Sie das Licht nur auf den Tisch.“

Dann rückte er auch den Stuhl zum Tische, nahm eins der aufgeschlagenen Bücher und vertiefte sich in Studien, an denen er einst die Kraft seiner Jugend geübt hatte.